风过蔷薇

郭逸竹 / 著

SPM 南方传媒 | 广东人民出版社
·广州·

图书在版编目（CIP）数据

风过蔷薇 / 郭逸竹著．—广州：广东人民出版社，2022.12

ISBN 978-7-218-16148-8

Ⅰ．①风…　Ⅱ．①郭…　Ⅲ．①诗集—中国—当代　Ⅳ．①I267

中国版本图书馆 CIP 数据核字（2022）第 209970 号

FENG GUO QIANGWEI

风过蔷薇

郭逸竹　著

出 版 人：肖风华

责任编辑：马妮璐

责任技编：吴彦斌　周星奎

装帧设计：书香力扬® Tel:135 5118 0183

出版发行：广东人民出版社

地　　址：广东省广州市越秀区大沙头四马路 10 号（邮政编码：510199）

电　　话：（020）85716809（总编室）

传　　真：（020）83289585

网　　址：http://www.gdpph.com

印　　刷：成都兴怡包装装潢有限公司

开　　本：880mm×1230mm　1/32

印　　张：7　　**字　　数**：100 千

版　　次：2022 年 12 月第 1 版

印　　次：2023 年 3 月第 1 次印刷

定　　价：58.00 元

如发现印装质量问题，影响阅读，请与出版社（020-85716849）联系调换。

售书热线：（020）87716172

目录 Contents

第三辑 玉笛声慢

第四辑　隐逸声韵

第五辑　竹林听风

第六辑　风过蔷薇

chapter 01

弦外世相

习惯了相互迁就
一轮接一轮，拥抱着走过荒漠
他们一起迎接星光
远送尘土

融　入

仿似是遵循一些约定
一条山径
顺着月光的指引走向竹林深处

又一阵松涛声里
除了月光带来的光亮
再无别的了

我们不说话
只见石阶上散落的松针，镀上了
白白一层银光
山溪水已带去昨日的羁绊

在那个夜晚，我忘记了
是大锦山的松涛融汇了溪流声
还是山径隐入了另一条山径
只记得那晚的月光很白
我们翩翩起舞的裙裾也很白

折 射

满天的星星已入睡
夏虫已入睡
年轻的妈妈守护着摇篮的宝宝
跪着，守护白天和黑夜
祈祷疾患早日消除

芭蕉翠绿，芳华正茂
巨大的扇叶挡着岁月的风雨

夜漫漫，路漫漫
月色苍茫，头顶银白的光
连接了三千青丝的路向

无数的陪伴、守护
无数次明月照耀星星前行
所有的光芒
折射到一个母亲的银发
折射了你深藏的那部分

叠 加

一条线，不经意间
重复着另一条

正是人间三月
瀑布式流泻的爱，在雨后
落向瓦檐
仿似祖母一直用良善和慈爱
载着我的童年，一路向前飞奔

其实雨后的植物疯长
万物在春天里重整
再出发
它们传承向纯粹、简朴

童年的雨丝，在记忆中
祖母的脚步声混合有雨滴声
它不急不疾，语音悠长：
屋檐滴水代代传

无　边

于细微处任意截取一部分
会是忽略时间、国界、肤色……

也是无私的爱，在月光下
我感受到她们奉献的源远悠长
和散发着的一些光与热

在宏大处：漫步向
大海边，也是母性样温柔的沙滩
最先吻我双足
我不惜用一生以回赠
生命源泉的水纹，潮起潮伏
始终用爱包容

我想开口说出
——母亲
星星，已闪亮无边

迁　就

三月的杏花，成为明媚的证词
在成长为一颗杏子前
你一再退让
退回到春天最初的张望

褪下冰冷，用爱换取枝头的烦扰
为吸收更多流动的光，退回
一块海绵的缝隙

允许枝叶或粗大，或偏小
除了扶正轨迹
母树的宽大在骨骸主干
在意每一朵花的内心

天空明亮，果实芳香
在七月来临前，一棵母树
迁就过所有的风

清　空

除了日影的暗角，厨房的落地玻璃
已映入枝头的空枝、枯叶
头顶的位置，留炊烟在画波浪线

俯冲过来的鸟雀是一个意外
这个界面的入侵者
用闪电的速度，撞向黄昏

它在抵达玻璃前，模拟一道亮光
成功逆转
它改变了半圆弧度定义之外
瞬间意念关联了音色、生死和命运

我站在蔷薇树下细嗅花香
感受鸟鸣声的余音，串联蟋蟀
在草丛间的低语
看一片橙黄的世界，逐渐
被暮色清空

偶 然

一朵，两朵，或是更多
带着雪花的色彩
在无意的弧度，落向一条河流

不在意河水的急缓，未惧半生飘零
最后随流水，她们冲向一方沼泽
承受生命更多的重力

是听凭命运的浪花卷起，又跌落
走向未知
一些意念，被削下
埋葬在时空

而一江水，依然滚滚向东逝
多少年后我才知道
一朵习惯在纸上疾行的蒲公英
偶然会写下绿色的诗行

界　面

一束光最初是从头顶过
就着原始的界线

光源之外，曾有荒漠
允许风削过
在他们到达前，红柳还没长出
沙砾堆积起的世界，分隔成两面

习惯了相互迁就
一轮接一轮，拥抱着走过荒漠
他们一起迎接星光
远送尘土

打开时间的界面
微光从沙丘的正面出发
一条细水流
紧贴着沙漠前行。如果细看
有细小的花朵开在齿轮般的咬合部

矛　盾

原野上的时光，最先清空
树上的枯叶。允许枝头上的鸟鸣声
唤醒春天

蝴蝶，来或不来
一阵春风不会轻易去述说
只让花朵的最新消息
裸露在春天

“人面不知何处去，桃花依旧笑春风”
——别在祖母襟上的那一朵
早已随风逝

三十多年来，我还是保持着
一个习惯：一边拼命删除花落的忧伤
一边在疼痛中
深深怀念

答　案

月光用素白推动圆缺
一些困惑
一直在夜里行进，或明或暗

——“江畔何人初见月
江月何年初照人”
千万年来，月光不语
只默默走过千条江万条江……

散落在一江水里的答案
我无法打捞
正如我穷尽一生也无法违背自己的内心
只守在自己的河流
春天耕种
秋来好时节，在一轮明月下
与家人团团围坐
让一缕清风，轻抚我面

遗　忘

窗外的月光，我确信
它收留过一棵小草的身影
时间低下身段，让所有的光
路过。从微尘里长出的呼吸
也曾遇见过小草的天空

时间的街道，长满星星
小草，长着对露水的渴望
他们的云彩挂在天边，只有寒蝉
在石块前摒弃了叫声

他们雕刻过石块的画像
用汗水、生命
而宿命在画像里轮回

有多少回，在梦里
我仿佛又看见远去的祖父祖母
踏湿野草的琴弦

醒来我已无法确定
那片月光是否将返乡的路遗忘

删　除

一场大雪，以一整夜的纷纷扬扬
交换大地的圣洁、晶莹

——空山，不见人
一座山的后面，再无靠着的大山
只有一片茫茫的白

天地同一声频：北风呼呼
一棵树与另一棵树间，忽略旧日
枝头的挤压和碰撞声
忘却脚下的陷阱、歧路

腰肢最柔软的那棵树
终将被隐去善舞的水袖。在同一片色系里
我闭上眼睛
想象春来大地的绿意和温暖
彻底删除对它的往日印象

开 始

在旷野
雾气紧挨着雾气
行走

所有的色彩成为过去
放下，或是另一种开始
在秋天，在一片苍茫里
你彻底交出了生命的底色

——慢下来的芦苇
在天地间自在地飘扬

方 寸

十月的河流，河水平静
时间渡口，船公隐没于岁月
云烟一念去
梧桐树举起了深秋的空旷

春花早已远，随流水逝去千万里
仿似一场接受史自远古
源源不断，新的征程
承接旧的磨炼

它们一些接口
在方寸间：一念谢流水
一念成秋实

一些命运轮回的双翅
张开在枝间

马　匹

时间沙子，在指缝穿过
在原野奔腾
在乎赏识你的伯乐……

——那么多，白白的一道亮光
闪过长河。生命燃起的
富贵、贫穷……
手指盈握间，跳跃，替换
在明天，其实有无尽的
灰烬明灭

——“逝者如斯夫，不舍昼夜”

距　离

远或近，总有花朵
开在你不曾在意的暗处

长夜适合交谈，思想的碎光
是一朵朵香兰
开在看不见的地方，独自幽香
弥漫

或者从开始
已是结局，彼此的花期是一个
反复的交错。从夜里出来
余生似火车，我们奔向相对的轨道

十二月的沙洲冷，栖息孤鸿
也是拣尽寒枝，看枝头落下
半生落寞，依然笑青山
如果无法再选择
就静听紫鸾花张开热力继续歌唱
听水袖舞尽春天

化　石

存在，或说为了证明
忘记多少星光下，走入穷途末路

或是春天刚爬上枝头
那些抛出的橄榄绿
已化为古道场上的身后事

更多的是风清月白
有他在意的千江水，晃动千江月
在江畔上有她
过去的已作古，他们从不理会
只在意江畔年年见

千万年来，江畔外的银杏、水杉……
这些人间的活化石
从未懂得
月光下，一江水带着的柔情

隔　岸

有三月的桃花，灼灼身姿
倒映在一潭碧水里

“侬今葬花人笑痴”
——颦颦的话音，在纸里凝语呜咽

花事，借春风在等闲里浩荡
风声停留过阳光
依然是纸里
留过神瑛侍者一副对联：柳荫的翠色
曾喻三篙高的湖水

人间碧水深。抓不住的
适合纸上悼念
比如那株仙草，已被一泓伤心泪淹灭

而这个三月
我们在湖心的船上，微笑着

看隔岸上的桃花
在春风下，争相怒放

浮　光

掠过一朵莲的内心
群山在光影下或明或暗
起伏在人间

赏花的人，带着清晨的希冀
也带着暮晚的美好
你坐在莲座上
始终保持最初安静的样子

夏风除了足够热烈，也足够悲悯
不知道什么时候
又带走了一池浮动着的亮光
牵去它内心众多的喧嚣

我们是一池莲花之外的过客
看花开花落
感受一些浮光在闪动

倒　置

晚归的渔船拖着一江水
新的歉意：一船的空白
在晚风下晾晒

咸咸的水滴，在指缝间过
风吹摆着破旧的渔网

所有的日子，回到从前
在那张紧密的网，曾经编织
串联笑声、欢呼声，以及
年少得意的光影

今夜的月光，落在他中年回忆的窗口
仿似有一些长满怀念的丝线
缠着他的思绪、脚步和一双手
而不知什么时候
风又推着一江云月，在窗外走

对 峙

与月光相对，适用酒水
燃起内里的火焰

六十度，一种事物在
另一种事物里蒸腾。度数，或角度
从未懂得顺从一条河的走向
星星眨眼间，你扶了扶腰身

一些事物已承受太多的沉重
无常在时光中闪动，成为喊不出的痛
让伤口上的盐结晶在月光下析出

我看到的常常是
一块中年的硬骨头在风中沉默
持续无视腰疾的围剿

时间的河流，你一边与黑夜对峙
一边让月光擦亮疼痛

逆　流

竹筏有顺从的美
一直以来，两岸的风都是故旧
让一支长篙在丽日里，点撑
一条河的轻快

有时候，时光会自编一段
慢板：对岸有繁花吐着芳香
东风起时
竹筏轻摇万重山

而江面总是壮阔
一支长篙无更多的判断和能力
以及长度
浩荡水流收留了生活
它逆流而上。一江水流
掌撑了命运

沉 浮

最初，一块木块习惯在熟悉的水域
独行独立
在无关悲喜的语调里
客观地叙述江河的水位线

它在水面上
随着浪潮起伏
感受旭日升起的持久热力，以及
寒潮沉下带来的伤痛

“善沉浮者，会获得广阔的水域”
——错落时空的
一截老梅桩在野外，从不理会人间夜话
一年又一年，迎着寒风绽放或凋谢

剥　离

多年前我熟知的一条灯芯草
用自身的柔软，承受枝离的伤痛

你也曾是风中疾驰的一枝
当年似离弦箭般离开
游子的心，从未懂得婴孩
从母体剥开的痛

剥开总在绿成时
抽开的物件，用内心的火焰
点起前程

多少年后才能理解
那一声雄鹰刺破蓝天的嘹亮
其实是那一声
对从前进行了彻底的剥离

真　相

一直保持沉默
尽管风吹过它的阴影部
如忧伤，在扩大

一些看不到的伤口，藏在内心
无法说出的疼痛，以及
危险，从来都具不可预知性
心怀良善的人，深藏的眼泪
只许在午夜被认领

被焐热的蛇
依然喜欢在黑暗里
以最快的速度抵达，攻击

而你的微光，不断切换着角度
只将一幅沙漠临摹图
从世相拎出

覆 盖

一片叶子在秋风中泛黄
曾经在枝头上闪烁的光芒
已日渐稀薄

枝头晃动，小鸟在跳动
捡拾遗落的欢笑
以及叶子走失的秘密

——河流向晚，步履匆忙
忽略枝叶间的那些占位、排挤……
当日常走入惯性，寂静中的
隐忍，成为生命的存留

斜阳里，我站在一棵树下
看着树叶掉下来
感受鸟鸣声被暮色覆盖

寂　静

那些落下去的
据说，曾是春天里长出的希望
它将翅膀晾晒在枝头
点起夏日
等待高处释放的无限性

我是大树下的一个过客
看见清冷携带寂静
北风清空昨日：一轮空白
收获了一生

——落叶，褪去曾经的色彩
重复着一些轨迹
一阵雨里
尘土收留了它最后的脚步

空　白

沉默在每篇文章最开始的两格
孤鸿，落在冷寂的沙洲
雾气停留在玻璃上的持续张望
手指接触所滑向空的琴键……

声音走过的身姿，勾画的
弧度，曾接近过生命的轨迹
一条线条，有你无法
融入他们的角度

“高山流水，我们同行”
你默然，走向琴音沉寂后的
烟雨两茫茫

苍　茫

山顶一夜间就白了头
不怨季节的无情，它原意
只是想下一场大雪。一片白
覆盖山川、湖泊、树木……
调亮小沟的另一面

大雪继续。已辨不清
一棵树本来的面目。万物含混
真假虚实，全裹在一朵雪花
盛开的笑声里

已难想起是哪一根树干折断的声响
更难模拟他们。有时含混的笑
像钢针深深扎进心里。又一声撕裂
你忍不住喊出声
回声，成为苍茫的一部分

妥 协

从蛾眉月走来
观月道上，忽略众多的羁绊
然后是半圆月。几缕春风吹过轻雾
让一轮圆月，留在高处

我在低处
半掩琵琶半遮面的
在月亮山下，与你相见

我看你是美丽的
或许你也这样看我

——雾里走过一座山
喜欢这样，翻过新的一页
而我依然生活在
某个角落。似乎这样就看到美
一切就妥协

临　摹

银色的光，穿过雪地
透出彻骨的寒。透彻的世界
透出了骨子的白

所有的黑，也在骨子里耀眼
浓墨般泼泻而下的流畅
有一种让人死得明白的狠劲

群山莽莽。一条河，水流湍急
——纸张藏美：远方
在眼前，黑白临摹山川、湖泊……

而我天生弱视
看不出黑白之外的泾渭
对那些灰色，仿佛心的宫殿
住着小兽
总将命运的小船折腾

回　声

最初的一圈一缕，包括长长的线条
定格在破旧的瓦缸
毛茸茸的声光，一条南瓜藤升起细嫩
牵动小孩的视听。向上攀爬的
动作，具有了欢呼的张力

村庄热闹。那时候
我们的笑声穿透土墙瓦屋
藤棚收留过诸多细小的
声音：青蛙的鸣唱、蟋蟀的低语……

"我们喜相逢，时间恰好"
而线条善变，多年后
一条藤，抽痛中年的身躯

石屎森林下，我一身伤痛
努力探寻藤蔓外的回声

述　说

安静地生存在自己的空间
带智词的双眸，折射事物的本真
让画面更具体

——镜子对每一束光的前生
今世，从不探究。唐太宗、魏征……
历史的荣光走过兴衰更替

有时微光穿过摸不透的界面
能照见更多层次的世界
比 X 光照见人体深处的骨头
更震撼人心

而从铜缘到玻璃面
从简单到复杂，一面镜子
依然不懂调整角度
去虚假里述说，只用真实示人

古弦韵外

chapter 02

只有鹧鸪在林子里，低咕着
不理会世间的繁华
也不理会一溪流水
什么时候带去了一溪月

野渡无人

小草一再向低处生长
低于青眼的部分，如繁星
铺满来时路

晚风更多倾向于悲悯，一遍遍
吹向弱小的部分，让涧边的草叶
在岁月里欢腾。其实春潮带讯
草木郁葱，无意青山外

“一些日子，需要自安自渡”
仿似在你独语间
一只黄鹂飞快掠过草丛

野外，一叶小舟
始终在风雨中飘摇

落梅香细

她习惯一个人在旅途独行
忽略雪花满天

朵朵白雪，落在梅花身上
也是习惯
在一片踏雪声里，听落梅

内里的孤寂，荆棘……
看得见的，看不见的
或者是云泥沾着的点点滴滴
在原野，让一根无形的丝线贯穿
允许寒风徐徐打开，过滤凡尘
只留幽香绵细，落下

多少年后
她依然习惯一个人在旅途上
细听梅香落衣衫

但愿人长久

没有早一步，那年经过的春风
催开桃花的粉白
和微红，恰好与你相辉映

再没有更接近春天的美好了
黄昏，桃树，杏树
和一双燕子，这些时间的相遇者
在庭院尽占良机，给他们的脸庞
绽放一个初开的红晕

原野上的春花早已凋谢
记得三月的风，吹过家门前的桃红
你说那个微雨时段
白衣少年避雨在屋檐下

古道西风

一匹时间的白马，反复修改过
古道上的风
包括长亭，复短亭

你熟悉的西风，一次次模拟生活的
刀剑，引小溪水
从家门前缓缓流向江河
入大海

古道外，夕阳有向梦想靠近的光
等待向外闯荡的人
牵一匹瘦马归来

仿似落叶，一枚时间过客
飘过所有的旅途，飘过历练
落向余生

声声慢

黄昏从心尖开始：慢爬的光
打开满庭蔷薇花的微颤
以及一屋子橙黄

十月的乡村，适合蒲公英
重新寻找自己
我独伴小路
感受微风带来声光倾斜的爱
一些弦音在寂静中明灭
你听：蟋蟀、青蛙、溪水……
这些信念的见证者，轻易帮我
治愈旧日的伤痛

今夜，明月开始挂在右手
声声慢
照亮一条清风拓宽的河流

江湖夜雨

远不止十年，与孤灯
共听。大大小小的雨依然在下
落向别离之后

反复蒸腾的水珠，辜负着
时光。不复往返的鸿雁
远了你的音讯

重逢与去路，落向茫茫的海面
我必须在纸上构思明月
表白你熟悉的桂花
以及陌生的蟾宫

江湖夜夜雨。一壶浊酒
浇白江渚上一老翁的鬓发
又直又旧的酒瓶，再倒出的
依旧是满肚不合时宜
陪伴落魄的晨昏

江清月近人

江河辽阔。一叶归舟
隐约在黄昏外
拖着长长的水纹皱褶

倦容，一直与路途等长
江渚上船只静默
一颗心，听任浪潮拍打

人间港湾
远去了暗流、烟雾、纷争……

一轮皓月在深夜时分愈发靠近
它倒映在清澈的江面上
在一双澄清的眼睛里

一蓑烟雨

看不到的云层一再向下压
让空中一场雨
无尽的，对着大地倾诉

人世有止不住的淅沥声
在或悲或喜里相遇
更多雨帘悬挂的探究、迷茫
落在时间左侧

一些雨点在风里张弛
立体的声音，曾模拟旅人的脚步声
洒在高山，林间小路，江河湖泊

在他那些曲折的旅途上
一直是只管披一身蓑衣向前走
笑看花开，静赏花落

一点残红

光线，已走向微弱
曾如白昼的亮光，成为北风
推倒的虚无

它的残光，仍在奔跑
努力寻找山地、河流、小草……

——“一点残红欲尽时”
生命短暂。总有一些余热
用不同的姿势，在边角闪亮
或是：冬天枝头上最后一朵红花
田野上的那个稻草人
祖辈在天地间撑起的那一盏……

枝枝与叶叶，别离或离别
我只看到
一点残红，心中仍朝着一个方向
照亮幼小花朵的天空

坐看云起时

走过山一程，水一程
天地广阔，山水相逢又一程
在更多的沉默之后
已到江河尽处

来路，去路
两列相对而开的列车
不再虚构和在意江山社稷

已在绝处
你喜欢坐下来，在平静的水面
与青山相对两不厌

风在徐徐吹
有连串的菩提风轻拂镜面
空无尘埃。阳光照射在镜面
落在心上
抬头，有一朵白云
追着一朵白云，在走

身老沧州

——致陆游

东风无心，向东篱拉长黄昏
红梅星星点点，空有一片丹心
无所托。已是身影渐瘦
依然是暗香浮动

暮色覆盖了内心的火焰
吴钩在苍茫中锈蚀
血性男儿振臂高呼：苍天在上
耀我河山

不要问腰间的刀剑
是否安在，夜风提起的铁马冰河岁月
曾淌过青春一场热血

都说沈园花开，几度春归
允许一丝柔情付清风
一杯黄藤酒，未能抚尽英雄泪

桃红未谢
你却身老沧州

东风紧

百花已至荼蘼
湖边折下的杨柳，和我
只剩下满地的狼藉

留不住的花颜，年年岁岁
它们嫁给东风
没有一步三回头，有的
只是梦里梦外，转眼白头

我甚至留不住湖水泛起的涟漪
眼睁睁看着它
一圈，又一圈地逝去

在这个春天，东风一阵紧过一阵
我拼命想叫东风留下些什么
可当我伸手
东风，已吹过蔷薇

烟波江上

愁还在，浮沉在江心
一片苍茫里，此岸与彼岸
成为彼此的迷惘

花事了。秋天已落下
烟波江上，你突然觉得
自己是那棵树，老去的身躯
已无法伸展，却依然烦忧小鸟的
安放、去留……

白雾，一阵接一阵
一些白，快于季节的轮换
而流逝的那一段，如闪电让人惊骇
你只能独坐江心，有肉眼可见的忧伤
像浓雾，从四面八方涌过来
留下一船无人述说的悲凉

花褪残红

早已无青杏的踪影
当年墙外的少年，余生
再无机会一睹芳容。身后的流水
来不及诉说，芦苇已见白头

你的光阴只有流水的一段白
照见孤鸿栖息的枝丫
有些花朵，从来无更多的选择
墙内的芳香，属于梅花的痛

如果回到当初，会有光影
照见所有的水袖，跛扈在春的
舞影里。面对一场
又一场挑衅，你依然
捧出良善，双手抱残红

瘦影临水照

必然是被逼到无路可退
才会在河流中放空了自己

曾经的色彩，曾经的微光
成为临水瘦影。记得那年的
春风，给予的新枝芽
夹杂猛虎气息。一片白里
依然在心间披挂感恩
习惯在一片苍茫里
接受寒气迫身
忍受加在伤口上的盐粉
默默退回一棵树最初的空无

这个二月，一棵蔷薇树
在河流边，瘦削的身影正临水照

云外信

缥缈。无影
那只鸟远在青云之外

也是绕尽清苦，一株
半生寂寥，一株寂寥半生
我熟悉的丁香，在低矮的屋檐下
兀自寂寥

天空高远。丁香只是
默默在屋檐下开花，云外
青鸟的声音，与它无关
那些走过的光点，或者愁苦
经风轻轻一提，凉成过往
揉捻的一个丁香结

月光下，丁香树泛着绿色的思念
骨子里淌过一段香

大漠孤烟

一直是直，并且成方向
一条路挑起它所有的行囊
阔别长河的彤圆

辽阔？逼仄
在对立的苍凉里，它无畏
如同岁月直面了你人到中年

直面的空间，一点星火
也是光芒。而你依然是在忍受
忍受秋风扑打蓬草

一条条枯槁的草，湮灭
在都市滚滚长流
它们爱过春天的美好
更承受过秋霜。每一季的孤立、无助
提示你与一片沙漠的距离

芳菲尽

一定是四月的桃红
落在山寺外。春风里
那么多的妹妹经过，看着
春风又送别她们好看的裙裾

你喜欢站在十二月，看霜雪侵枝
漫过的枝丫，不介意季节
交换的虚无，不介意光影的离场
蚀骨寒痛之下，只有思想
在自顾地闪光

可他们常常忽略你的存在
然后开始下一个轮回。忽略生命的
色彩，如同忽略那场芳菲落尽
曾盛放过人间的美好
只看到一片接一片的嫣红
摇晃下一个妹妹春天的枝头

趁东风放纸鸢

风吹过篱笆
穿透日夜。一遍遍
吹过院子里的小草
抚慰着它们

所到之处，带来春天的温润
如此盛大，各自安在时光深处
一个个挂在阳光下的物件，整齐
有序。风中所有的表达让沉默述说

只有鹦鹉在喋喋不休
它的喉音散在深巷
在水井深处，懂得了平衡术

东风吹过篱笆。那么多花朵
它们舞动着春天的喜悦
我要给篱笆刷上新绿
桃红尽处，趁着东风放纸鸢

鹧鸪声里

斜阳落在山外
夹杂着喧哗，走向暮晚

也是一曲离歌，落向炊烟外
昨天成为小溪仓促的倒影
低咕碎念里
祖母种的树木已成林
蚂蚁在树下来回搬运粮食
从这一站到那一站
从不停歇

秋风又吹下一片片落叶
穿过林子，再也无法听见
那熟悉的苍老声音
低唤一个晚归小孩的乳名

只有鹧鸪在林子里，低咕着
不理会世间的繁华

也不理会一溪流水
什么时候带去了一溪月

人面桃花

人海中，那天你们相见
于是，谈到了时间的无涯
谈到南庄那人面不知何处去，桃花
今天依旧笑。灵魂深处的共鸣
在午夜成星光

疆域辽阔。八千里山河
和云月，谈话里
抽出骸骨，看到里面
珍惜相拥的人生

没有谈到的那部分，在时间的
的缝隙里，就着月光
涓涓流淌

人生长恨

说是水长东。生命的无奈
在一江水里打开。接受与不接受
都落向一江滚滚东逝水

归途与去路，在一条大江里
望尽水云
顺着一只鸿雁远去的方向
仿佛看清了一条路

——曾经的星光
在有限的天空闪烁
你久远地凝望，茫茫的一片白
卷入寒江

一汀烟雨

借着东风，在弥漫
沙洲外的杏花，如蝴蝶般
在枝头起舞

一汀烟雨，未完全是述说
即使春将去，杏花纷飞

何况年年春风相伴
年年会有杏花微雨笑盈袖
春雨拂面

仿似人间清欢，在意那对燕子
在屋檐划过的双弧线
你无意春归，或不归
只记繁花用热烈堆起的爱意
曾点亮冷寂的枝头

花辞树

朝霞短，晚霞急
林间的花影，在暮春时段
已在纷纷凋谢

春天不老，林木年年展新颜
老去的是衣衫，它们褪下一层红衣
未及与旧日相辞
乱红纷纷扬扬，落满地

我看到那些桃红梨白的盛事
人间烟火里相聚又相离
他们已放下，用平淡的曲调
谢了一场相约

一顾前半生，一顾悲喜
任往事线谱上的花枝，花蕾，花瓣
音色渐微，渐远

日暮苍山

尽是远。陷入长长的困惑
一条长路，有更多的寒意从心底生
遭遇的一场大风雪，伴随犬吠
让黑夜从脚下走过

深山，藏着白屋的清冷
仿似厚厚的积雪，有覆盖一切的倾向
它泛起的微光，透窗入屋
——清贫与落寞，叠加的光影
成为新伴，也是旧友

雪，落无声
或是模仿了你青春远去的脚步
在这条路上，早已数不清
头顶有多少春花，走过秋月
只知道一阵比一阵急的
北风，从来不是旅客

点叠如红雨

“点点叠叠
棉花落叶，橘子葡萄
黄皮酸醋……”
——低处的歌谣，随着流水
流向白云深处

祖母教的歌谣，经过的桃花
成为那年少年门前的一朵白
无数夕阳下生起的
炊烟，连着贫穷、饥饿……
散落在更低处

其实我更愿意看到白云深处
都是乡音
缭绕祖母熟悉的锄头
收落一畦韭菜
坐等一畦稻花开

四月的雨水，漫过门前的桃花
满目落红，点叠如红雨

chapter 03

玉笛声慢

冬日里的一片白羽光
照见栀子花坠落尘土的回声
——一束光，它习惯不言不语
照见最初的纯白

秋　声

石阶上的风从不知疲倦
向上，向下，都让山径陷入沉思
听吧，一阵雨又打湿了落叶的梦
众多的小鸟还在林间雀跃、鸣叫
带来的一片金黄，满足了稻田的愿望
适时表达天空的是雁群
它们高高远去的样子，仿佛一切
在流逝，或者与自己和解
只有深巷的脚步声，传来底下的诉求
可否慢一点
再慢一点

风吹过的街道

我经过的长街，落满
重重叠叠的脚印。他们都是
匆匆而过，无人驻足
或者回头

寒风掠过街上的黄叶
掠过他灰黑色的草帽，掠过
他满是皱纹的脸
和一辈子弓形的背脊

他只是静静地坐在街角
驻守着两串青绿色的香蕉
沉默寄存在风中走过的二胡声
弦切拉动他一身的土灰

黄昏，我经过的街角
有风吹过

烟之外

最初那缕温暖，落在黄昏后
声韵里：灰瓦重叠，风吹过
高低起伏的乳名声
牧童归里声，百鸟归巢声
光芒消失的地方，隐去梦的太息

风散无踪。形而上的声息
在云深深处。山峦，或者林梢
隐约知道一阵烟的去处
我的祖祖辈辈在低处，只靠木柴
氤氲人间的温饱

而我只知道，我的祖父
那个最疼爱我的人，年轮深重的
树下，只有一缕青烟
烟之外，除了那些记忆
碎片，似乎什么也不曾发生

白月光

月光侧着身子，走过秦时
汉时关口。朝代更替，沧海桑田
月光依然悲悯，让万物沾着光

小草身在其中，我的祖辈
也是。他们始终怀着
白色的纯粹，在月光下
低矮一生，比小草低三分

低矮的身子尽量倾斜
为了获取一分光
卑微地迎合。在没有月光的背面
有祖辈佝偻着身影的去处
疼痛和命运都有出处

有时月光在头顶走过
照见祖父堆在墙角的破旧农具
照见烟囱，和祖母的炊烟

白白的月光，就着清风
素描他们的一生

一个方向

四月清明，四月雨
四月艾草，总带烟雨
接过一支艾草
如同延续一个方向

接受自身的柔弱
风雨里，它始终坚持一个向度
温热着祖母，以及乡亲的日常

一支艾草伴祖母走过七十余载
这个四月
落花早已不知去向
只有怀念写下慈爱、耿直和良善

在庭院里，我接种过祖母那支艾草
我要它继续繁衍
让祖母在泉下能听见花开的声音
听见人间的美好

一朵黄花

“必须拔掉一些刺，
除去兴风作浪者，世界才会美好。”
——胆石疾患缠紧祖母
一些话语，卡在我的喉咙

那么多的露珠，一滴一滴
总落满我晨起的眼眶
“我愿换成你，一些病痛
让我来承受……”
面对人间过多的苦楚，
我在夜里痛心自语，祈祷，许愿
苍天，只是沉默

祖母已是淡然，而它的
寻仇觅恨，总让祖母带着伤
最后败在它无情的弹药场

那天，我的心流着血

跌落万丈的冰库
而我的祖母在那年十二月
薄成一朵黄花远去

篱笆

它在远处，睁着一双
审视的眼睛，看着你
始终不说话

日影总爱穿过它，雕琢
生活。你是那时黄色的连花
咽下众多的泥泞小径

忘却系在藩篱身后所有的喜欢
或不喜欢。你爱记忆中斜阳的余晖
总爬过祖母的篱笆

一扇虚掩的门里，使君子走出来
篱笆里常住着枸杞子、桑葚子……
那些篱笆墙上的影子，总带着
童年，在梦里晃动

那年夏天

我挑着一担地瓜苗，如同背一座山
行走在一条弯曲细长的河堤上

夏蝉在林中歌唱。祖母的一些话语
在阳光下绽放成一朵朵鲜艳的花儿

它们是指引我走过滚烫的河堤。足够的
热力吻过我赤裸的双脚，也让我奋力前行

“那是你祖母？外祖母？”
“都不是” 我直摇头

我不会告诉她们，不认识身旁瘦弱的老人
上学路上的偶遇，只想减轻她一段路的负重

那年夏天我十二岁
天空碧蓝碧蓝的

碎　片

艾草、三丫虎、东风菜……
记忆中的碎片，在时光深处泛光

我从不敢在阳光下将它翻开
生怕腰身，不及泪重
只在心间将它沉为故园的一把铁锁

如果回到原点，仍看到
祖母在神像前祈福
那些神像前的供奉品，带着祝愿
三天后
一一落入守候门前那些小孩的双手

她给小孩的三丫虎，跨过药用的大门
也撑起一次次的心理暗示效用

记忆深处的碎片
走过一把铁锁的光亮

深 秋

它愈是凉薄，且日渐消瘦
紧锁一座荒弃的小院

它漫过断墙残瓦
接受蛛网横结，以及虫蚁的
肆虐。接受故园门前那年的满眼桃红
人面去处，再也不见归途
秋风吹过两茫茫

它是如此让苔藓蔓延
庭院荒芜，仿佛重复他们
开始的缺席
苍茫处青烟的消逝

四月艾草

每年这个时候，它们不再敛眉低首
在野外，自顾地辽阔

忘却前世的风寒与沙尘困扰
只留下今生的清香、药用和良善

拨开那些年的清明雨，最茂盛一枝
长在祖母菜园的最边角

清空旧时所有羽片的磷光
依然留下一朵青云，紧握着欢喜

而我始终未能忘记
日暮下她轻啜一生的清苦

慢时光

适合在后山养鹤。寄存天地间
一片祥和，举起雪域

梅花在一个黄昏漫卷残冬
会是暮色洇开炊烟
当我们步入梅林时，风声已在

列坐。它必是
携着一片月色，打开了
水晶的内里。凡此般剔透
模拟了一些心愿：人间烦忧
才上心头，便展向满山花

时光，有梦里隐逸的姿态
是四季，漫向
和靖式样的田园……

蝴蝶飞过

一只蝴蝶，追随着另一只
那些飞奔的美好
飞过我的童年

我记得它们在田野的身影
扇动斑斓的翅膀
绕过祖母种的水稻花
白菜花、兰豆花、豆角花……

那时候祖母身体强健
始终放开我的手
让我围绕着那些花儿
追逐蝴蝶

花朵幼嫩，未懂人间艰苦
而夕阳的余光
斜落在祖母背着我的肩背上
落在我头上的蝴蝶结

火楝树

长在画家素描的一张白纸上
用笔简约，落笔朴实
长在泥土里
长成凳子、椅子……

长在春风路过的茅屋旁
比白纸还素白的花朵
它的芳香属于春天的记忆
仿似自带的香气从来不需要述说
只留岁月辨别

风雨藏身后。日子铺就成一匹
白马轻踏过的白布上
显现金黄的果实，经季节轻提
露出秋的低语：
活气止痛，燥湿杀虫

榕 树

雨后，我看见湖边的榕树
触须暗哑。它们一双双手伸入泥土
开成了自己的一把伞
风雨是唱落在湖边的歌声
咽喉上发出的声音，落在
低声部，照料着命运

低声，或者沉默
是开始也是终点。退回历史
尘埃的声音，落向天地玄黄间
疼痛，不需要在伤口上表白
隐忍才是。新的枝叶
覆盖着旧的伤口。一棵榕树
白描般穿过日子

怀 念

成为温暖。冬日里的一片白羽光
照见栀子花坠落尘土的回声

一一束光，它习惯不言不语
照见最初的纯白

时间渡口，彩色的翅膀
从未渡过你众多的白马

此去经年，只有一只只蝴蝶拢下
荒野上，我深深怀念

蝉　声

据说可模拟。又说一方水土
一方蝉。与它相对
适合用方言拟声劝说

蝉退至双手时，世界是摇曳的
——从树上被劝退的蝉只，并不知道
满山的喧嚣，成为乡间小孩
一种掌心上的快乐

当喧嚣走远
大片云朵，已隐藏在中年背后
而大面积的河床
日渐暴露一条河流的枯竭
欢笑，退回林中小树的管乐部

时至今日，一些指缝间的光点
如同淌过去的逝水，带走一些
无法辩证的真假劝说。而我只知道
童年成为一溪远去的蝉声

清 明

我印象最早的清明雨，落在唐朝
杜姓诗人的文本里
纷纷扬扬的雨，下了一千多年
后来祖母的名字，在每年清明雨里
也变得湿漉漉的

年年清明，给祖母的坟头
添一抔新土，倒一杯新酒
年年，疼痛也在潮湿里泛滥

犹记得祖母爱干净
年年不让杂草在她的坟头寄居
切断尘世对她的纷扰

今又清明，冷雨纷飞
我戴着口罩，将蜡烛、香火寄纸上
纸外有乌雀低鸣

明月挂在右手

如此，落下一片白
可以照见向左落去的路
一片银色里，祖母的竹林在屋后婆娑
那么多的脉络，就着清风徐徐吹开
空明与通透沐浴在一池水中

越来越多的白，落在庭院里
青瓦与泥屋在月光下低矮着
只有沙画在祖母的右手下泛光
那一只只小鸟欢跳入我年少的双眼

更多的白，淹没半生落寞
所有的期盼在流水中无声无息
如这素秋抵达我沉默的语言
如明月挂在右手
照见一地的白

举着火把

没有隐喻，没有象征
有的只是与年少那一场梦有关
满屋的火焰吞噬一切
梦的火海，是弟弟按下门后的通电开关
浇灭一片火海

如果一定要找回至今令我难忘的词语
那是我午夜梦中惊醒后的冷汗
那是我午夜梦中惊醒后的心脏狂跳
以及冥冥中不祥预感

祖母，我年少的每个噩梦都有你慰藉
唯独这个，我再无机会跟你说
三十年后的这个清明，依然烟雨蒙蒙
我只能在纸上说给你听

祖母，三十年来，我从不敢说起
那个梦，只藏在午夜的泪水里

如果可以，我希望山脚下的艾草替我说出
如爱和疼痛，都能找到出处
如那天我举着火把
冒着雨，哭着送你上山

露珠在闪光

春天依旧在菜园吐出新绿
那么多晨曦
在祖母的指缝间穿过
她一生都弓着腰
侍候小白菜、东风菜、艾草……

我站在童年的田埂上
鼓盆而歌，看季节
在菜园里翻新。新种下的瓜菜
夹在草药间

草药在月光下一轮轮送空
最后也送别了祖母
和她的菜园
而岁月的缝隙，隐约有良善的
露珠在闪光

chapter 04

隐逸声韵

一朵浪花开了，又一朵浪花开了
它们内心紧密相连，保持着最初的纯粹
在暮色下辽阔

走在春天里

山河开阔。一朵冷落下
一朵明媚绽放

——朵朵明媚，那是你来
青石上的花枝耀目，你的花枝耀目：
千万棵玉兰的骨朵，含着美好
一一展开
春风，用踩响春弦的桃花、杏花……
逐一打开人间的光亮

而你熟悉的好心湖，用翠绿
追逐翠绿
在季节中轮回

时间横轴上
蜜蜂是追逐春天的忠诚者
一直用勤劳的步伐，打开甜蜜的秘道
恰似我们用同一种步伐
走在春天里

倾听好心湖

我是迟来者
当我抵达，它们已在湖边
烂漫：三角梅、黄凤玲、紫荆花……
依次第开，听从岁月的安排

我保持 45 度的姿势倾听
油页岩爬上岸的声音
倾听开拓者的汗水，烈日下析出盐霜
一颗好心改造的湖水，碧蓝碧蓝的。我在湖畔
细听六十余载烟雨，让宝藏在春风里升华
一座城，在岭南崛起

我一直保持倾听的姿势
细数蝉鸣。一串鸣叫
奏动时光的羽片，唤醒白鹭
它的归来，是那年春风的旨意
穿过梦工场的足印，听他们
说一段，神灵好心羽化的绿湖音

石根山

拔地而起。时光赋予气血、力量
千米之上，秦时明月落在身后
只有鸟鸣让古树慢下来
映衬山涧的流水，倾听波澜

水流在山涧回旋，扩散
浮动的光影有繁茂的根系
所有的根，系紧一座山
鸳鸯树、镇山神龟……
只需在风中站立
游人会将属于他们的美好带回家

嶙峋与怪石成为它身上的标志
根中有石，石中有根
根石交缠。交错往复的世界
我理不清它们的关系。看懂
人间的繁复，似乎需要慧眼

众多神话的传说在我到来前
已抽离现场。我一双肉眼
只看到，存在的鲜活
——生命在坚硬的石缝中穿越

浮山岭

五峰顶端，白云缭绕
有时在半山上，也是几抹浮云
拦腰挂。所有的生物
面向太阳。白云深处藏着的秘密
所有的青草不说
草丛中，岁月的光亮落在历史的嘴缝

时间渡口：悬挂潘茂名的茶壶
有济世、为民在光影间走动
散落的声息里，冼夫人的马蹄声
从这个起点出发，越过隋朝的风雨
仍回到这里

太多的过往，他们习惯秘而不宣
光亮闪烁的时间源头
一如浮山岭顶上的日月星辰
好心照看着高凉万物

玉　湖

八十里路云水。火与热
千万人齐呼的拼力
暮色里隐去

赤松，槐树，榕树，月光下
它们安身立命。烟波深处
躺成一片静蓝
湖光拍打着鸟鸣。风过林梢
时光的翅膀追逐接骨木
见证良德水库会师石骨冲水库

六十余载烟雨，玉湖
隐成邻南脚下一泓翡翠
时间打马，生命的源头，照见
星星遍布的夜空

登大仁山

危险或者改变，总站在转弯的地方
一群老黄牛，戴着马的面罩
阻断前进的脚步
像是通向生死的在场者

幸运的磷光，从来只在
善掌控险峰拐角的操驮手上
我爱这个章节，如同爱上你
陡直、险峻的隐喻

回忆开在带伤痕的花朵上。时光水面
情节一败再败。岩石记录下
所有的伤痛，唯有爱民与仁爱
保持一贯的定力。时间的河面
一再保持沉默，血流与肉身
隐在千级石阶背后
隐成一座山

在沙琅江

鸟语花香。点黛成山
成画卷。三河航行：
黄岭。华垌。龙记
成曲笔，追逐着远方
留白处，吞吐山脉仙气
它们点衬人间烟火，种植方言

默许翠绿成片，在野
他们冲锋陷阵，挑赶星辰
阅尽江上渔者和来人
卷轴上的春秋落成金色

只有江上一个忘我的人
落在烟波外的竹筏上
逆行而上。探访
青鹅顶上金黄一片
沙琅江位置上的源头

沙琅江的蓝天

澄明。洁净。不带一丝杂质
江水里的一衣襟纯粹
它决意深远

安静。蓝湛蓝湛的光
折射宝石的春夏
与秋冬。晶莹是心窝间的一泓清唱
岁月里紧贴在沙琅江的咽喉

两岸，它普光。挤挤挨挨的水果
稻谷，穿上金装步入农人的粮仓
最闪亮一束，登陆新娘嫁妆

光芒闪烁。我们看见沙琅江内外
天空之下静美，草丛低处
安稳。岭南西面一条流动的大蓝脉

线条走向深蓝

修正。修正。日子
向前修正，如同水流不断
追逐远方。从青鹅顶到汇入吴川
海口，水流在 113 千米外
琅江不停奔流

——刀锋凌厉。你会爱上
这修正的果断，以及它的抉择
爱它的无情，爱它的鞭打
多少年来，得到与失去
俱如它的水流：奋勇向前，从不知停息

流向有曲直。高处，或低处
服从内心。支途分开
汇合，是线条走向深蓝的归宿
最终，你爱它的奔流
以及奔流的决断

那一片蓝

广阔：海连着天
一片融合里，色彩向着明亮

在浪漫海岸，放眼望去
只有沙滩是雪白的
切入的画面，打开也是抵达
一片光笼着原始

时光掠影，有蓝焰跳动
经过海藻、海虾，一些细小的
在一片蓝里。生命的精彩
一点水里繁衍、发展

眼前的一片蓝，体内众多的盐分
析出与包容，许一串菩提风掠过骨头
比如沙滩那只贝壳，可借一点蓝光源
折射一束七彩光

深蓝色的歌声

谱成 D 调。有时候
是在夜幕下，枕着一些意念
汹涌奔向梦的阶梯

古老又新鲜的声音，繁复往返
卷去年月的长度。那些细白的沙子
退掉穿越的羽衣，脚下趾纹
有南北朝、隋朝、唐朝、宋朝……

有时候，浪潮低低的
伏在蓝蓝的天空下。在电白海岸
以浪漫的姿势向你奔拥
微风里，一起见证舒卷的慢光

仿似是一曲曲钢琴曲
弹唱相思
夜夜枕一曲深蓝色的歌声入梦

深蓝色的爱

成为天宇不可或缺的一部分
一缕缕，一片片……

有形的，无形的
所拥有，如你，如我……

——在浪漫海岸
天空紧贴着海面，海面倒映着天空
目之所及，蓝是唯一的色系
像你给予我的，深深的爱
只能用辽阔打开
一些原始，或者循环
在生命的原点，用爱构造

在浪漫海岸
一片蓝到另一片蓝
新的生活，破壁古老的城墙
有白鹭带着希望在指引、翱翔

打开云层，际遇里指认爱情

无数次，在浪漫海岸
待晚霞退下后
你牵着我的手，赤着脚
踏着长长的海岸线，看白鹭
走近，或飞远

五月茂名

快马，驿站。驿站，快马
——妃子笑。一骑红尘
在大唐，以爱的名义送达

千年来，翻开荔枝的简史
令妃子迷醉的丝丝甘甜，在茂名荔园
时光的白马，从根子贡园出发
红荔，在穿梭，在舌尖驰骋

一颗颗红荔，枝头千万朵跳跃的火焰
一千多年来经久不息
风声浩荡，一些爱在蜕变
仿似阳光穿过蝴蝶的彩翼，用热爱
扇动生活的蜜汁，幻化一座锦绣之城

在茂名，夏风热烈
在火焰更深处，看到城乡共振兴
繁荣与发展的双翼，共同成就了彼此

每年借五月的风，打开
一城锦绣，一城荔香

根子杏花村

三月的风，喜欢剪影旧时光：
牧童、牛、横笛、泥泞小路……
三月的雨，在我来之前已将众多的
花儿一一点名，似乎要刷新
我们对一句唐诗的认识，以及
打开杏花内核的芳香

其实更多的时候，属于她的香味
带着烟火气息，在白墙黛瓦间
隐在分界储良龙眼树的枝头。最老那棵树
最初开花时的香味，至今仍弥漫

在知青宿舍、百年老屋……
仿似带着梦样的繁花，落向鳄鱼池
铺就村庄的图腾。一些更宽广务实的
充溢俊朗、坚毅，像每条硬底路
焕发一条村子古老又年轻的期冀

春风浩荡，如同杏花村的奋发、振兴
吹向每个角落，如同我与她相见时
将惊讶泊在巨大的舞台

掌心里的柔情

需用盛大的纯白打开。风所过处
轻抚丝滑，留下微蓝样的耳语

远处，更远处
海浪忽略背后追逐的落日
媚眼的最是那细柔，呢喃白沙
陷入同样热情的脚掌心

在浪漫海岸，所有蜜汁样鲜甜的
意念，模仿落霞铺满海面
用十万吨的温馨橙黄，将你包裹
声浪涛涛，那些金光闪闪的
表白，紧系千万年

在浪漫海岸沙滩上，一层纯白铺着
一层纯粹。细细的沙子
在海岸线里绵延
仿似你掌心里的柔情

许我一片粉黛色

所有张开双臂的粉黛子，都是故旧
让我在一片梦幻里等你

暮色已深，一颗心交给明月
仿似等待是串联的粉色结
不用语言，可向左
或向右，意会一阵风带来的况味

我一直系紧草丛中最结实的花结
不虚拟江山，不虚拟社稷
只带上如浪漫海岸对爱情那般的执着
听凭一双脚深入泥土
听秋虫唧唧，许与花香
许与月色

你来，或者不来
都请许我一片粉黛色
让梦，在等待里沉醉

月光落在无名指

一圈圈，一层层
从心开始缠绕……
无形或有形，一根闪着的光线
紧系真心
似誓言般透着光亮

——山海清明
云和水融在一个色系里
一轮明月，从亿万年前走来

白白的月光，如水倾泻
折射你眸光的恒定，有爱情
剪影的模样：天宇澄明
心宇澄明

当星辰开始在浪漫海岸的夜空闪烁
一颗炽热的心，只想执着你的手
让月光落在你的无名指，从此应允
今生陪我一起听海浪声

冼太雕像

带着敬意，有一排排红领巾
在冼太雕像脚下，决意立风中
低头，再三鞠躬

时光刻录：千年前，她从这里出发
千年后，依然屹立
在这里：唯用一好心
无须抬头看已感知
她目光如炬，一如内心的坚定

英雄，有着无分朝代的高度
与神性。眼前的雕像
走过历史，注解下
蹚过隋朝的马蹄印，留下
民族团结的风采

也是被时间雕琢
冼太雕像旁，你们长久的凝视
是好心散开的一朵朵……

浪漫海岸诗歌殿堂

枕着雪花的轻梦，它让浪涛
倾泻钢琴的浪漫与抒情
或者在黎明前，敲出大合奏的激动

是天然去雕饰：长春花、白玉兰
还有更多星星眨眼般的小花
一生带着温润和谦逊
在堂前排列着灿烂

而内里点燃的灯盏，在白昼、黑夜
常常被一阵乐声和花香高举

又一阵海风吹过
在浪漫海岸诗歌殿堂
它正缓慢释放内心的诗意

莲头岭海湾

远远一片片墨点靠近的，是归航船只
泊向蜜汁的海岸
一船的欢喜，斜倚落日余晖

俯身倾听，是万吨黄金的曲韵
夹杂微咸的海风，从远远的海面传来
声音环旋，模仿莲头岭海湾的早晨
敞开大半圆样的胸怀
接纳和吞吐千船竞发的欢欣

此刻，我喜欢站在莲头岭上
静静等候你归航
会有月色点起炊烟
有星星升起村庄

架 海

雪浪在乱石丛中，高高卷起
复低敛下去，闪亮着天空的眼睛

雪花，一朵，又一朵
它们身后的光芒，闪耀村庄
我必须按闪电的速度才能接上
其中一朵

飞逝，或者抵达
有流星雨划破夜空的明快
零碎的光，带着温煦暖万物的模样

千堆雪，千年来
卷卷不休。石头，以及村庄
始终保持着原始的静默

在冼太故里

没有特别的旗帜。千年来
只留下“我事三代主，唯用一好心”
走过门阙、牌坊，我似乎还听到
铮铮话语在风中响

踏进冼太故里
我不敢高声言语，怕惊动心中的神
只是内心早已燃起香火和敬意
默默向圣母铜像鞠躬行礼

而两旁的松树和木棉树，风雨让它们懂得
摘取历史厚重的那部分作意象
时间为笔，为纸，长颂一曲
英雄一生为国为民的赞歌

猎猎风声。大地圣洁、广阔
如同冼太一直端坐在我们心中
记取山兜村流出一泓清澈的水源
曾融和了百族

博贺港

梦里的渔港，在月色下萌芽、壮大
让春风在一个清晨，撞见千年前
它拔节的声浪。若细听
依稀可听到：海浪走过汉、唐、明、清
它的光彩，落向南海之滨的
天然避风港，500 吨级以上的泊位……

我们的相见，是春风拨开新时代一个薄雾的清晨
渔火星星点点，隐约可见
千船百舸，已载满梦想归航
它们瞬间让人明白，火焰的种子
冲过巨浪，打开繁荣兴旺的早市册页
谱写滨海人敢拼敢搏的又一华章

千年来，博贺港的渔火生生不息
曾照亮海上丝绸之路
日出博贺港，一些光芒走过
一些光源，不断带出新的光芒

梦幻架海

它的日常，不是惊涛拍岸
只是不急不缓的调子，却卷起千堆雪
让纯粹轻吻细沙。令我迷惑的是那一片梦幻
带着深蓝的沉醉，让人无法
一一开口述说

是的，这一片名唤架海的深蓝
梦幻里让我迷失。让人无从述说
更多日常，天空也是一贯
湛蓝湛蓝的，落在大海的白昼
将蓝色微醺样的跳动音符，折射入你的双眸

记忆中奔腾的骏马，以及鳖龙、千年老龟……
停歇在她白色的裙边上
时间碎片夹杂的温暖，洒在
爵山的南端。那相望的并蒂莲
用捍卫生命的姿势，守护着我们

我离去的时候，正是落日余晖
转身回望那片洒满金辉的大海
突然觉得进入了另一个梦

水东湾大桥

一群白鹭快速飞过
它们的速度，约等于一座大桥的落成
它们的白，与大桥构成相互辉映的美
一些飞翔的念白，饱含自豪之心

在水东湾的东岸与西岸，大桥羽翼的
起点及终点，点映着一江波澜壮阔
在时间里打开八个城镇相互起航
和互通亲密性的模式。飞翔的心
与高楼之间，与高品质生活之间……
克服过所有的困难

一对白色的“海滨之贝”
桥下浪涛一浪接一浪，仿似好评的
声音“一个时代的跨越
架起了梦想飞翔”

在浪漫海岸

1

一眼万年。细密、绵长
又绵长细密的思念，一粒阳光切入脉络般疯长
轻易在心窝里，日夜泛滥

长长的海岸线，烙下深深的
眷恋。时光照见
落霞辉映的浪花，翻卷着水鸟的鸣叫

2

海容万千。黄昏下的浪漫海岸
渔船跟着渔船，风波里出没
椰树紧挨着椰树，守护着季节
渔灯点燃夜的寂静，融入海浪声

海浪留下的一片白里
我们曾手牵着手，赤脚走过
海水打开细沙一颗颗柔软的心
一粒白包含另一粒白。它们彼此相融
喂养着日常

3

而你溢出的美，带空灵
穿过包容的手盛放。水云间
一朵蓝之上，绽放一朵白
一朵白之下，盛放一朵蓝
我熟悉的一片蓝，藏着眼眸里的深情
是你带着原始的开阔，闯开了一片天

你的一片澄明里，汩出思念的色彩
仿似绛珠仙草在明月下捧出的真心
淌过生命的前生今世
感怀神瑛侍者的真知相爱

4

一朵浪花开了，又一朵浪花开了
它们内心紧密相连，保持着最初的纯粹
在暮色下辽阔

茂名荔枝

1

夏日泛起的红艳，牵动情思
带着她的浅笑，让六宫粉黛无颜色

高举的色彩，紧系她背后的马蹄声
跃过古道和驿站。一骑红尘
抖落人间的是动魄、惊心

2

千年来，散落风中的符号
或者一个封赐，牵手正月的荔花
有爱情开篇的模样。那些执着的欢喜
每年春天，如约开向春风
在岭南的山岭、田野边、河岸边、屋前屋后……

——千树万树，仿佛有君王的万千宠爱
翻阅风中的美丽篇章。朝代掠过枝叶
似乎有霓裳羽衣曲，更多是春风
谱出的新曲：朝气、向阳而歌

3

打开茂名的二月，一些花朵被蜜蜂重新点名
正如芳香自然的气息，垂爱充满浪漫的海岸
在茂名，在山与海之间，一场花事之后
让人想起唐朝最美艳的女子，她的甜笑
成为茂名一种荔枝的命名

其实无论是合上，还是打开那本古书
轶事，或韵事，多少风骚
贵妃独领？在李隆基的王朝
已无法考证。倾斜的爱，湮灭了江山
风雨中，人们用历史的华服包容那朵凄美
只记一颗红荔，敞开了千年贡园的大门

4

烽火早已远去，人间烟火味正浓
更深厚的爱，迎着阳光
用时间升腾、生发、给予……

打马四月，这时的青荔绽出一种新的美

季节的彩笔拓展书写新的诗篇
一些青涩，初恋的模样系着纯粹的爱
借初夏临水而歌，而颂。又一场新雨后
她的脸上现出红晕，为欲滴的娇艳埋下伏笔
最爱是一些素美，紧系家国
风韵里，红荔边续书“不辞长作岭南人”

5

别致风韵是柏桥，一个古老又诗意的名字
不在枫林边，却让火红的醉意漫在荔林
从大唐走来的贡园，如一首排律诗
火红的韵脚，构成一个村庄奋发的声势
韵律在生生不息里眷恋成舌尖的痴爱：1300 多年
树龄的红荔，让人念念不忘的清香甘甜

一直严守的格律，成为乡村荔枝楼
建成的根本。一栋栋，一排排
从二十世纪八十年代走来。脱下贫困的帽子
振兴的调子，打通乡村的金色大道

别样的雨露阳光，独爱别样的柏桥
让红荔带着一颗驿动的心，在季节早熟
让白糖罂走出颗颗晶莹白玉，带动舌尖的轻狂

6

棵棵千年的老荔树，依然是枝叶繁茂

依然是硕果压弯枝丫，依然是
在岭南的天边，定时燃起一片红云

新时代的大爱，年年岁岁闪动着
光芒，拉动光阴那匹快马
时光廊里，安放着一份甜蜜与执着
千年来，依然在舌尖驰骋

7

柏桥，更多时候栖息在阳光下
任凭体内的雨水划过钟鼓
从不受喧嚣困扰，仿似它的出世与入世
身姿存满与贡园的相知默守。或者更多的妙音
架在展开的双翅，穿过众多大卡车收购的喇叭声
混合全国各地的各种方言
蓬勃着古老又年轻的贡园的晨昏

收购商、电商的身影，转动乡村的繁忙
高铁撒开的那匹耀眼的白光，承接五月的浅喜

8

六月的枝头，收获的爱是一片火红的日子
漫山遍野的热情，在根子、山阁、羊角、沙琅、
霞洞……
兴奋又激动的声音在哪里？农人的云梯静默

荔枝林的六月，枝叶与枝叶间顶着一片红云
在我眼前，面对一蕾蕾，一球球
那深红饱满撑着多少爱的密语？隐藏在白蜡
妃子笑、黑叶、鸡嘴荔、进奉、桂味……
我无法解读那些品种身上包含的密语
我想，爱她们的农人能懂
浮山岭在岁月里，能意会其中的意思
相见喜的唇形，翻动了一座座山岭的欢欣

9

浮山岭脚下长大的人不善言辞
仿似浮山岭的静默，只抱紧纯朴和良善
面对阳光，用汗水努力捧出新时代的蜜汁

浮山岭下结出的荔枝，深藏云和月
千年的风吹雨打，千年来依然硕果累累
所有的爱，一如在浮山岭下走出的潘茂名
用他的一生，心系黎民苍生
浓缩成我们这个城市的名字

10

在茂名，一片荔枝林到另一片荔枝林
盛放繁荣、安稳。它们枝头间的火焰
由一条条的惠民政策点燃。一叶一春秋
燃起凯旋的大爱

在茂名，一些火红的日子
爱着一片红火的相似。生命传承
下来的爱，在未来的未来
在这方火红的土地，在阳光下辽阔

chapter 05

竹林听风

每一朵美好都张开在梦的边缘
包括花伞，扬起的丝巾
以及你的笑声
只有屋檐下那双燕子拒不入梦
微雨下，用双翅
剪影了樱花

松　针

散落。在山径、溪流……
清风明月里
隐入时间的寂静

时光落在梵音里。如果细听
还能听到，一叶扁舟摇出了荷塘
必须承认，依然难忘那场雨
带来空山新的鸟鸣声

而新生的松针：幼细
紧密相聚。往上，或者往下
都是时间的过客。仿似一些
往事，只在心的舒放

松针，和你靠近一首诗
——“随意春芳歇，王孙自可留”

蓝雪花

未曾更深意，已落入暮色的行囊
空白的马匹，掠过时间的灰烬

常常是细小中展示着内心。感官里
忽略了世俗的偏见

或者是在微蓝的世界里
以洒脱的模式开启一片雪花的枯荣

我熟悉的那一枝，更多时候水源缺乏
只剩一身傲骨在风中辽阔

四月樱花

似云梦：一片绯红
坠入一片绯红的幻象

——轻盈，缥缈
被色彩高抬的天空
有触手可及的美好，拥着一些真实
在四月里行进

每一朵美好都张开在梦的边缘
包括花伞，扬起的丝巾
以及你的笑声

只有屋檐下那双燕子拒不入梦
微雨下，用双翅
剪影了樱花

春花辞

鸟鸣在林间，在涧
一些光芒还在叶片上闪烁
岁月松开了枝头

它们不再顶着花朵的帽子
娇艳与美好
匆匆间，散落在一条河

无意去或留。轨迹里
每一种相遇都从容。四月的风
无法缀连一朵花的因与果
任它们在季节里舒卷，轮回

我站在河边，微笑着
看流水伴着春花
渐渐在暮春中远去

菊 影

一朵，又一朵
最轻那一朵
最先开落在篱笆的边角

——“孤标傲世携谁隐
一样花开为底迟？”
面对东篱外的问语
它只沉默

菊影也离离。喧闹的尘影
在其间，问与不问
一颗高洁的心在其间

世间知音，沉默如流水
黄花随水逝去
它的内心，遭遇一场离解：
说书人，中断了一首七律的解读

草木深

已是经年。依然是不敢去探访
祖父最疼惜兄弟的庭院

草丛早已覆盖篱笆
落眼处，鬼刺星漫过断墙风
没入苍茫

我只能背靠黄昏
在庭院门口，任风夹着疼痛
吹开过往：微光
仿似还折叠着我的童年
折叠着祖父背脊的温暖，背着我
走过叔公的后院

草木繁茂，狗吠声已随主人远去
只有一两只鸟雀在树上
诉说着烟火况味。中间的空白
被命运安排与门前留守的石榴树
相对两不厌

新春词

喜欢在一朵桃花的扉页上
书写意念。灼灼桃红
它们的枝间唇语，用一缕晨光
相互意会：情爱相牵
在年岁守望

在一排排灯笼上刻录。提起
幸福日子，火红火红的
模拟新春词话，爱用温暖相依

所有提起的日子，有糖
有炊烟，在漫开的新茶上
燕子飞时，春风正浩荡

而你喜欢在春天靠近时
借一匹时间的白马
撒蹄挥春：一片红里
福，已降临人间

清晨入山

山溪边草丛上的露珠，有一颗
依恋之心，直至与我们相遇
还没收起在暮色中的滴滴晶莹

半山木屋上的犬吠是个意外
吠声随一团黑影而动，带动晨曦
打开了半扇柴门的寂静

我是一座深山的闯入者
而松针落满山径
林木上的果实，已醉饮秋霜

我们随弯曲的山路转入林深深处
才突然发现一条溪流的源头
溪水清澈
在缓慢解读青山

花事了

一朵白，立在低矮的枝头
幸运是晚霞下的意外
让绽放成为另一种归途

风抖动它的内里
生命的抵达，未惧寒气、疾病
高与低，一朵花
无意在视觉里完成切换

而你熟悉的一树繁花
大大小小的形瓣，已赴流水
也带去门前的身影
衣香，车马……
人间薄凉，一些微尘更替花事

在南方这个冬季，你与一朵月季花
缓慢融入暮色

元旦帖

一道光芒里的原点，仿似是
一匹白马，撒开四蹄
开始奔向原野

疆域辽阔。枝头上
一场新雪覆盖了秦汉旧事
所有的回声，落入时光的空隙

空枝，不再续写渺渺的一段
鸿雁在归途
它羽翅间的声响，模仿了梦的声息

是日，万物在重叠、储发
暖暖，你最关注的那棵柳树
用夜色，缓缓点起内里的绿火焰

一江秋水

已日渐消瘦
照见天空的白

瘦影里，有无数的蝴蝶
带着昨夜的梦
伴随两岸的树木，沾满风霜

江河从不说话
不理会人间冷暖
只让众多的花朵成为过客

而浪花继续打湿我中年的梦
时光廊里
一个蝴蝶穿过一个梦
又慢慢折回
穿过一江秋水

在墙角

冷雨。寒风。大雪纷飞
苍茫的世界，一树红梅用身体里的
血色，喊话严冬

逼仄。沉默
允许枝头打开暮色
让眼眸的美好，打开
冰雪下一朵朵晶莹的翅膀

在墙角，削弱了营营的步伐
以及牛马逼近声
接近春天时，只听到
风持续拍打枝头的声响

又一声傲笑。你在墙角下
感受枝头在大雪下狂舞

稻边书

一直生活在低处
我熟悉事物的那些身影
绕过江河湖泊
在岁月里俯首低眉

忍不住这样描述它们：微风
带来满眼金黄。对敬畏的事物
它们深深弯下腰身
一生致力在水里保持一致性
努力在安静中得到收获

必然是这样了：也是静默的一群
曾有白马闪过滴滴汗珠的镜面
那些沉默着的蹄印
奉献露珠照见晨光的辛劳

银 杏

“过于绚丽的色彩，易耽留表面的美”
银杏树不分辩，任风霜掠过
只让体内金色的蝴蝶，纷纷飞出
仿似响应了远方神秘的召唤

忽略所有的掠过
以及众多的舍予和夺取
岁月里，始终有一片碧心在枝头
无论飞出或落下，纷扬里
它释放生命的余热
落向尘土

从沉寂理出一荐替代
依然是默默耕耘。穿过时光的密林
风雨塑造你：华衣落尽
一枚白果留人间

旷　野

无尽的空，一幅画里溢出盛况
太多的沉默
从四面八方涌来

树林茂盛，绿色屏障里
流动着纯粹。林间一条弯曲的
河道，弥漫着对自身无尽的张望

乌鸦栖息在树林深处
咽下命运的墨汁，在族谱里
低头。蟋蟀、青蛙……
那些千万年前化开的面孔，在黄昏前
它们的歌声也一直隐藏在族谱里

画面里，有经过的火车在轰鸣
它甩下的烟火
一条长鞭般，闯出旷野

暮色淹没狗尾巴草

它们长在野外。一个挨着一个
在低处
满是它们的身影和足迹

什么也不能选择
什么也无法选择。草叶
一把架在时间伤口上的利刃
闪着身份的光芒

夕阳下，有风掠过狗尾巴草
它们在风中低着头
那一低再低的身躯
瞬间被暮色淹没

打　磨

需要时间作伴
沉默中，去掉了一些长句
疼痛让记忆产生更多的阴影
一个足够晦暗的夏夜
光阴遇见了你的长刀……

“灵魂需要声光指引
在消磨中，会让刀锋弧度完美”
你提了提手中的笔
面对苍白，什么也没说

合上笔记本，我关掉它的一些
音符。隐喻是头上的花朵
开在低矮的时光廊。回声中
一张白纸，妥协了长诗作出的修改

弦在纸上

静默的手，习惯在纸上倾诉
落日下一缕轻烟
回音漫过它们的草丛

它的世界，拨弄过二胡
弦弦切切间，一千匹
一万匹马在弦上飞奔过
白马声嘶欲裂
如光阴照见，或不照见的流水

有时白马脱缰而去
只留一双手在布满荆棘的河流上
拉扯更多的晨昏
以及中年无梦般的午夜

更多的时候，它爱上琵琶
让人聆听大珠小珠跌落
落向一片苍茫
——白纸上弹奏的一曲清弦

底 色

春花又谢了流水。一张纸上
墨痕未散，东风所过
吹开了你半生的底色

从一重门到另一重门
依然是破墙、冽风和冷雨
你在熟悉的情节与故人相遇

剔开所有的繁花，剔除枝节
章节相似的天空下
只见一棵草走过流水

依然是带上不屑分辩的马匹
依然在炊烟里，入戏或者抽身
所过光影，持续敲打
一截石竹的硬骨

听　雨

一队兵马浩浩荡荡闯进夜色
嘶鸣声开合外，有无尽的钢针
或大或小，刺向黑夜

雷声从来不会在流水中屈服
只有流水在惊骇中低头走向光阴
掌心的稻香，梦中的美人
在一场鼓点声中，走向蓬勃

“他山之石，可以攻玉”
光影明灭，千匹白缔合的一朵花
它的弦音落向雨外
蟋蟀、青蛙、蝈蝈、蝉……
沉浸在一片和声里

在一幅倾斜的挂画前
我们在倾听

画 像

一次次的离经叛道
一次次的针尖对麦芒

没有大干线
所有的色彩都像出走在经道外
甚至迷失

爱过的麦苗，曾喂养祖辈的一生
千里外篱笆墙上的身影
只剩无奈、不舍

一些稗草，风干成画笔外的墨点
最浓彩重墨的
徒手绘造眼前的高楼大厦

而一座座城里，画布外的回音
在城外寒江柳枝上
一只雏鸟在拼命扑翅

在深秋

之后，将是更长久的沉默
疾风占据枝头空出来的疆域

槐树的枝头也被清空
连同鸟鸣，以及往日枝头的喧嚣

它的落叶，回归土地
而夜色，加深了行人对踩踏的认识

更多时候，夜色淹没一切
替它怀着忏悔的心走向寂静

川上

时至今日，那一江水
已卷去众多的春天

——川上
它可以淡然面对众多的落花
以及悬悬浮浮的一江月

必定容留过曲折、混浊
挣扎……我是低处
河湾蓬生的水草，眼睁睁看着
流水运输你中年的窘相

如今，春又去
一朵落花已随流水逝
人间未见回声

看白鹭

旧日的一片素念，撒落江边
目及之处，是一幅长帛铺就的悸动

更远的白，系在它的双翅
凌驾一串密码奔向天空

看吧，这追逐高处的点点白帆
撑开白云的江面，给你提供深层的镜像

“遗落时空的单纯碎念，谁来替代?”
远处山岚，只有风声霍霍

来不及细看的，散在江边低处的草丛间
一同落入人间苍茫

有寄

相对于一直向前撒蹄的那匹白马
你更喜爱春天的光亮

——身披鲜花
它努力修复季节的旧伤
仿佛枝丫低处的一些希望
骨朵上，普度弦将要
谱出新的春韵

前世钉在骨子里的冷言冷语
苍茫世界里，走向遗忘
蝉蜕般，脱掉一层彻骨的伤痛
轮回里，一再压低腰身
忘却过去的所有
只轻启朱唇：春已归

立 夏

之后，雨水泛滥
树木有足够的力量，在风雨中
保持站立的姿势

桃花、杏花、梨花……
散成明日黄花。生命凋谢的速度
快于你的明媚
或者转身

蚂蚁依旧在奔波
日子是一把庸旧的尺子
吃力爬过生活的高高低低
斑驳晦暗的界线

你站在季节里
干瘦成一把尺子

矮下去

一点点的，眼前的夕阳矮下去
恍似重复你在春天里点燃的
一根蜡烛，美好时光已一去不返
矮下去的光，照见最初的白

你在黑夜里独坐，天地间
也是一片漆黑。希冀、温情……
甚至你在岁月走失的棱角
成为水纹的回声

——纹路像打开的真理
你约等于树上一片枯叶
失去所有的色彩
静静等待归途

一只碗

装着雨的低吟，像我熟悉的
一朵太阳花，开在墙角
在沉默的世界里
兀自明灭

它曾有着孔雀的羽毛
一支支，撒在光阴下
美好是一支笔里的虚构
画在流浪汉的饭碗

他习惯沉默。裂开的红色
世界，有如黑夜
盛开的花瓣，错构生命
它身上的裂纹
最大的那道伤口，带去灰尘
所有的欢笑。只有遗忘
挤走偏见、唾弃、谩骂……

木然的光点忽略众多的漠视
时光只习惯旁观，忽略卑微
如同它从不在场

一朵花曾经来过

在野，它们是
一朵朵小花开在各自的枝头
并不刻意绽放自己
只是顺从了季节的安排

我遇见的花开悄无声息
雪白的脸庞任凭寒风掠过
风中，只能裹紧心里的疾苦

春风，阳光，属于河流
而河流在远方
它们呼拥着奔去更远的地方

我的遇见微不足道，就像
浩大的水流，从不在意
一朵花曾经来过

忧 伤

平和、柔善的旋律，渗透街巷
每个角落。他倾尽全力
唱出人间的美好。断肢残躯
寄存在铁板车上行走
如果在转角遇见一只流浪狗
会替他说出那年冬天的悲惨际遇

烂盆、扩音箱、铁板车
所有时间的复眼，都在烈日暴雨下
走失。万物的供词不成调

他一路歌唱。只有歌声
帮他在风中获得众神的慈悲
换取持续前进的力量

在一首寒风谱写的曲子里
硬币连续的叮当声敲打一只破碗
弹奏了你手指的忧伤

句号

冷风强悍。刀法足够狠
直接从夏切到冬。枝叶、藤蔓
只在风中长着传说。开始
或结局，万物只在意念的瞬间

或是落在松针叶间的两束光
走过了短亭，走过了长亭
走过了万水千山，最后
却走到了万箭刺心的离路

草木自是丰盈，而江河
自知冷暖。你们本是陌路人
所有的接受史
冰河般横陈在面前。浮生梦短
不说芦花枝头傲少年
也不说青梅树下笑煮酒
只说一个句号，挂在冷沙洲

海浪冲过来

复退回去
反复成为一种常态
借此冲击细沙的内心

它们被碾压在一起
海浪给予了日常的节奏
咸涩成为生命的保留，带着
世道轮回开出的寂美，就像它们
在场，或者不在场的沉默

天空蔚蓝，高远
大风浩荡。“壮哉！惊涛拍岸
美啊！一片银滩……”
一块岩石裸露在沙滩上
海浪冲过来
雕琢着它的内心

陶　瓷

光阴细碎，照见
更细碎的青花。临摹是风
在点面里勾画，抽打着
它的内心：釉彩、花纹、变形……
一些出走的横纹，像你的痛苦
无处说悲凉

逼仄的桌面低矮、破旧
不允许假光线穿过屈就的身躯
那些曾经的美丽，夹缝里行走的
欢欣，日子里析出一滴滴泪水
——涟漪里晃动着心的裂纹

陶瓷抱紧自己
迁就过所有的弧度
任凭时间的刀锋，一刀刀
雕刻着看不到的伤痕

逐　梦

日子被掏空。蒲公英总是这样
色彩，光线被隐去。高远的天空下
一片白茫茫成为它的未来

青草在水湄，鸟鸣在水湄
风从更深更远的海里吹来
持续敲打着她的骨头
身躯在风里被揉碎

而她依然要飞翔
雪花若是逐梦的蝴蝶
她要用余生去追逐。累了
就跟自己的影子说说话

台风

以黑掌的姿态，扇向我们
允许天昏地暗。王的眉宇间
往日娇媚成为假象
恩情厚谊只是过往的叙述
她的记忆里，只有错构
和遗忘。她要让时间叫嚣
粉碎玻璃的梦想。哭闹
呜咽是生存，或者防身的武器
似乎所有的表象，比真实更真实
它的潜意识里，要攻池掠城
载着时间号令，篡改平等的砝码
借助风的肉身，让写在白纸上的条框
有它妄行的荣光。而我们知道
硝烟歇尽时，过客湮没虎的双翼

一朵白

蟋蟀习惯在草丛里歌唱
微尘里长出的声音，用生命
打开黑夜的独白

我从不敢靠近它们
黑暗里有太多的无法预测。跳跃
或者爬行，似乎让声响挟持张牙舞爪
我习惯选择逃离
与它们保持适当的距离

其实我也知道，它们天生
对光敏感。正如相信
宿命长不出亮色
人们稍微一抬步，一跺脚
足以让它们消失

草丛里的歌声，从未离开
成为尘土里开出的一朵白

蒲公英

空灵，不沾一尘。你是精灵
风推动你梦
的翅膀。飞过的轨迹
模拟白云对蓝天的倾诉

一片洁白，走向远方
你多年的努力，像在方向里
滤清了俗尘的梵音

蓝天下，你仿似看到
爱的眷恋，燃亮余生的寄望
高山上，有你触动流水的琴弦
而琴弦上的意念，怀揣最初的白

一群水珠

一群水珠，在春天里撒野
天花板、墙壁、地板……
撕咬含混
——模糊的世界，滑行主道

踏破季节的平衡。一道白光
蹄印凌乱。半明半暗成一朵朵泪花
说一句山，你便是山
道一声沦陷，世界没有安宁的日子

以回潮命名的词语，张开灰暗
让滑道打乱了生活
结局在回南天隐隐作痛

灯光下，一面中年的镜子
努力打开自己
却迷惑着找不到出路

黄风铃

金黄是姿态。一江春水
尚未说出岭南春汛。春天的鸭脚
已率先裸露于二月的山坡
一如晚霞点燃黄昏的灿然
天际恍似只需传递热烈

一种快，或者热烈
不期遇一种冷。天空灰暗
藤蔓走过三月的墙头
漫天绽放的黄风铃花，在一场冷雨后
匆匆凋谢

过程也是姿态。多像
你的春天

静听流水

河流的船桨撑着一江新绿
向东。三月是一把梳子
梳齿利快，轻易就梳掉旧年的伤痛
就像日子滋生了一堆腐烂
只需刀尖轻削，阳光便在霉页里
生出色彩和光亮

河水迅猛，削去了时间上的暗影
融合了白雪的白，黑夜的黑
消去了的还有线装书上的恩和仇
多少江湖旧事，在消融里成为流水

从冰雪封河到绿意横生
从绿意横生到冰雪封河
一些距离，或者过程
只是那一片白撒蹄的瞬间

忽然发现我是一只白鸟，只剩下一片

白羽毛。我已无法在风中抖动双翅
正如江水无法倒流
流水潺潺。一只白鸟在春天里
静听一江水流

风过蔷薇

chapter 06

水田漠漠，一群古诗词里飞出的
白鹭，一群初夏的造访者
应了自然的邀约
在一双双白色振翅声中
拍起了水田

芦花高举着自己飞奔

必定是经历了半生的风霜
才会让雪花落满头
傲然立在风中

可以是半截干瘦的斜坡，成为立足点
一生在野外
到老也是颗粒无收

常常是看不见星星的黑夜里
它在旷野中点亮自己

我最靠近的芦花
无惧生命里更多的风霜
在茫茫尘世中
高举着自己向前飞奔

五月，丁香花淌过一段香

——给母亲

五月，夏风带来一些温语
一些星星点点的爱
端正抬着每一位母亲

打开五月，一片素青盛着一片白
落向记忆：家乡的丁香花开始盛开
也是星星点点，在阳光雨水下
牵手责任，一去不回头地奉献自己

身处奉献里的白雪，晶莹如内心的
独白，也是星点泛香
普遍的在日常里开着和散落
如掠过的夏风：浩荡、热烈
带着母亲一颗向善的心

多年后我懂事时才知道
五月的丁香花，藏着母亲的名字

重 阳

已微凉
也是烦忧：须用六十度的酒
与晨起的露水相见，言和
温热你冷硬疼痛的腰身

——佳节又重阳
寒箫一直在窗外吹奏
熟悉的旋律，在熟悉的界面打开
接受季节的轮回

白马依然在飞奔，林木在呼啸
它们终是在风雨中妥协
只有满山白茫茫的芦苇，风尘仆仆的
迷茫之声，落向河流的镜面

唯是河流宽容，让重阳泛着光
温热所有向晚的心

白　露

之后，秋声依然是步伐缓慢
一些隐逸般的光芒，在消磨一些热

鸿雁在返回的途中
在林梢，似乎得到或失去的
都找到了可循的迹象：渺小
比看得见的更渺小
一生听见，听不见的
声息，落向季节的横笛

——白露，一滴一滴
撑渡昨夜明月带来的轻寒
模仿白蛾张开双翼，循着微光
隐入一丛更低矮的草叶深处

霜　降

撒向人间，是一点一点白
从露到霜，一点一点地凝聚
有我无法感知的寒凉

正如林木无法辨认，从一个点到另一个点
它们之间本质的区别，只默默
站在时光廊，任身上的叶片
在风中老去，直至落下

皈依，或终成空
佛门说法一种接一种
世间多少事，依旧一程
又一程

而我依然站在一些门外
用余热，包起我所爱的一切
尽管已是落叶飘零，我满头染霜

立　冬

南方赋予它猫一样的脚步
在轻柔的腰身携带遗忘
让季节深藏一匹迷惑行走

我熟悉的南海之滨
野蔷薇至今仍在撒野
闷热的海风，刚揭下太阳花思考的帽子

那些谢了又开的花朵
占位的岁月里，张扬在各自的枝头
无须感受命运吹奏无常的章节
不似你将焦虑锁紧眉梢

必须承认一些花不懂撒野、纠缠
那些该过去的事，就让它随流水逝
比如这个立冬，我也愿你是枝上一只白鸟
在十一月的枝头，与我浅浅遇

小　雪

缓缓来还是缓缓归
仓促间，已是鬓发花白
此刻，我眼底发出眩晕的呼叫
探见北方一匹白狐留下的素影

陌上人，你替我纷飞
一片纯净的世界，可以敞开内心
沿途的沟壑，看不见的陷阱
全让你往日怀善的银光填补

你来，我必打开窗
窗棂外所有吐出的话
点点的柳絮来表白还原。时间
迷途，足够耽误我一生梦想

这南方的海滨小城，亮出高洁的虚无
飘然的身姿带来你的小欢喜
苍茫深处你替我迷惑：陌上人
终将归向何方

大　雪

从你决定出现那刻开始
一些林木的江湖，失去踪迹
一些传说，或者群山之外的
音讯，淡成尘世外的仙客

——隐，种在天地间的偈语
消去枝与叶的摩擦、梵音……
看雪花漫天飘飞，散落
茫茫里，你放下参悟最轻的那部分

而那些面目狰狞的枝节，黑色的
屠刀，从心底提下
过往枝节的曲直与黑白，就此了断
更大的空旷，盛放了今生的明亮

岁　末

次第逼近。每次都是满山的芦花
就着夕阳，寒风中次第开

土地上的庄稼，黄了又青
一茬接着一茬。景象辽阔

祖父一生紧盯着他的庄稼，跟着夕阳
走远。只有月光跟着月光走来

一条银河，高远、洁净
远离尘土下的芦花

寒风吹着夕阳。望着父亲佝偻的背影
我在垄上吟唱一曲中年雪

冬雪

屋顶、树木、湖泊、山脉……
白色亮光带出人间的冰润
时间在一片茫茫中走过

天地会无限地妥协
仿佛一些距离触手可及
它们留下的空白，打开洁净

生命是压满冰点的存在
静默完成某种轮回
就像一个个老去的故人
期待在冰河的尽头
遇见一树春红

冰雪覆盖的河流底下
一尾鱼
在黑暗中努力摸索

游漓江

一江叠翠。我逆江而游
竹筏划动浅绿色的水纹
划动早春的喧闹，眼前的雨丝
山峰走向我身后。不甘落后的

眼前次第开
它们长满苍蓝、奇秀
像一个个不骄不媚的人
静待岁月

时光廊里，漓江的风唤如意
轻抬素手，两岸的竹子
便绿了又绿
反手依然是一幅淡雅水墨画

百里绿水纹在竹筏下
漾开。清澈在流动
清澈之上，一江风吹过我
吹过你

过黄姚古镇

水流引入往事的路径。姚江水
珠江水、兴宁河，交合典雅
轻挽纱裙，绕着身边过
千年来，黄姚人家
习惯在山水里看云

四周的山，清奇、秀丽
有着古朴的记忆。世事变幻
暗流漩涡夹持走过
它们用心记录一段流水的低语
保留风雨后的平静

守望楼习惯低调，与青石板一起
眼角低含最初那抹墨绿守候
它抬头，或者展眉
锈迹斑斑里与我相遇

我告诉村边驻守八百年的老榕树

我们是匆匆闯入往事的访者
阵阵春风，吹向它的嫩绿恒常
吹向它内心的真实

车至白沙村

时间留在停滞的空间
车至白沙村
所有的马失去飞疾的蹄

路人往来如游鲫
所有的聚散，带着烟霞的姿势
像我四十余载经历的尘路
拨不开蒙尘的双眼，看不清
去路。忧伤是挂在车顶的经纬
樊笼里外，始终忧心明天

而车窗外，有陶翁家走来的画景
篱墙边，田野上有一畦畦的油菜花
黄色的花，衬着白墙黑瓦
衬着眼前一座座的青山

细小的花朵，在疾风中摆动
在蚁爬般的汽车队旁摆动

村庄安静。在他乡的田垄下
我轻啜油菜花一生的微凉

走过阳朔十里画廊

山走一程，水走一程
山水相伴又数程
春天有着生命的调色板
白色楼房疏落间，桃红一片
向前，绿柳相伴又一片

他们是走过时间的墨点
洇开在春天的画卷
顶着黑漆漆的头，一拨拨漫过来
又一点点洇开。墨痕深处
有阳朔人图腾的印迹

画卷上，我听见一条河：喧闹
走向静默？还是静默
走向喧闹？画廊上的桥
桥下的小草始终沉默
仿佛含混不语是一种存在

时间之上，我们走过
一粒粒墨般，洇开
淡下

遇 见

细碎，出尘
蓝雪花，秘密藏在夏风的怀抱
来不及惊呼
我确认了你在天空下裸露的那颗蓝心
以及海洋深眸的一抹纯粹

喜欢你用这样的方式与我相遇
一朵蓝，开在低处
无声的世界，仿似与你前世的相认
正如惊叹，或者意外
长成相同的喜好

你也不必惊叹
或者意外。尘世总有一种色彩
会遇到烟火的清冷
一种爱
只在浅蓝中绽放

来不及想象

如此，林中众多的花骨朵
纷纷举起了时间

这些年，它习惯飞奔
快速往返于一场又一场花事
那些能想象，不能想象的
林中之门，已随乱红
翻飞，紧闭在啄木鸟的叩击之外

打开一扇门，融合与入世
它无心去理会
深藏的暗香，无意事物的纷纷扬扬
就算是一直在季节里寂寞
开无主

东风紧，一场风雨后
它退回一朵花最初的芳香
来不及想象
一树白梅谢了林花

迷失的章节

一丛蔷薇，追着一丛
蔷薇，在庭院竞相吐艳

一双蝴蝶恋着栅栏处的三角梅
无人知道风中的耳语
是关乎花香，还是鬓影
我只知道一些色彩
在夏天
折叠了黄昏滑向屋檐的章节

蜜蜂总有一颗暮晚不息之心
错将农人墙边一幅画
认作一畦油菜花

原谅落日

未曾开口说出
秋风已扫向最后一片落叶
然后卷入夜的行囊

习惯将一串串陈旧的话语
轻易吞回肚里
在时间发酵，过滤
如果可以，希望微尘长出珍珠

模拟嫩芽长在青绿的枝头，包括花瓣
它们盛开时的姿态
在昨日，曾用暖意换取凉风

它们的生命短暂，常常是
一边原谅落日向晚，一边准备着
继续明天的生活

良 夜

黄昏后的大海，渔船
早已归航
纯白的沙滩椅，盛放等待
和落日余晖巨大的爱念

人间平和。海面已趋向平静
海风沐在一片月白色的清亮里
拉着海岸线
向长长的夜色渗透

比月色更亮的，在沙滩上
他们挽着手
让漫过脚踝的海浪，迸发了
指尖触及的灼热和奔腾

只有深夜在骨子里安静
像那一排远了青春的椰树
拉斜了盛夏的身影
却拉近了树下两颗年轻的心

大风渐止

芦花已白了头。满山飞絮
随流水
人间风雨，一片白茫茫
追逐一片白茫茫

另一片白，落向田垄
月已上树梢头，洇开得淡雅
似是缝补一生的色彩
世间凡花，在默默中留白

半生经营，惨淡在边角
也是零落成泥，或是碾作尘
大风，已渐止
请相信，明年这个时候
你依然是一片唯美

花帽上的尘土

尘土落在了花帽
还是花帽沾上了尘土
我从来不问

我喜欢春天
有百花顺应季节开放
也爱着深秋那一片芦花
就算它匆匆间白了头

其实四季轮换，最爱那人间烟火味
形而上，或形而下
一些过于复杂的哲学术语
在我的审美范畴，落向烟之处

一直难忘
你从地上捡起的那顶花帽
我弹了弹帽上的尘土
收获了半段香

半扇天窗

就是那半扇
在最高处，光线源源不断
从屋顶射下

一屋子的光度，从努力踮起脚尖
用长棍打开窗子那刻开始调亮
瀑布光的流泻里，灰尘是肉眼忽略的部分

敞开的世界，仰望天空成为可能
在晚上，星光替我行走
逐梦在远方

打开半扇天窗，有青蛙跳出井底的
开阔，拥抱光亮
我尝试跳出井底，与你同行

七月的黄昏

光与热依然未减
余晖披挂在半山腰、柳梢头……

我经过的一池荷花
在烈日下亭亭
直至余晖散尽，也不说烦热
并默默散发着清香

黄昏时段还在鼓躁的是鸣蝉
依附在一棵棵树上
当我靠近时，在最大那棵树的一只蝉
停止了喧嚣

在这个七月，在那棵大树下
我与一只蝉
彼此交换了困惑

巷子里最深的阁楼

在一本宋人的线装书上
翻开一些画面，仿似是春雨淅沥
一整宿一整宿的
和声那条幽深长巷的叹气

那些雨后的杏花，和小姑娘的卖花声
多少年后，依然构成
一幅画的音律美

画纸上
他将人间多少风尘
拂向素衣外
只是一个宋人的家国情怀
被高高束在阁楼

而阁楼，藏在巷子最深处
曾经铁马冰河的岁月，深深藏在
他午夜梦回的叹息声里

风，是一把梳子

风在原野吹着
模拟一把梳子在梳理万物
梳到低音部，一片芦苇戛然间
已白了头

一片芦苇之上，一只白鸟习惯迎着风
让梳齿贴着白羽轻扬
一片蓝天，予以展翅，以腾飞

更多时候是顺着风向
借助风梳理的力量，一双翅膀
飞得更高远

一片老去的芦苇，在湖水与万物间
格外白。一片芦花之上
你是那只折翅的白鸟
耽误了一把梳子的风力

造访者

在四月，也是漠漠水田
一匹律动的玉帛倒镶入了天空

是渴望已久的白色琴键
落向夏的琴架，让叙述的语言
变得激动、欢跃

更像一幅远古走失的水墨画
重回乡野。仿似是眼前
夏苗的青绿，与天空
重构了底色，并渲染写意

水田漠漠，一群古诗词里飞出的
白鹭，一群初夏的造访者
应了自然的邀约
在一双双白色振翅声中
拍起了水田

深海的鹅卵石

它早年的棱角有倚仗之美
在大大小小的水流中
已是消磨削平了所有的凹凸

岁月给予了入世的门槛
包括花纹、形状、大小……

——“我喜欢随乐声，选择水袖”
善变的石头
台面上，摆满了欣赏、赞美、惊叹

一颗鹅卵石所有的意趣，在归赴深海前
带着雕琢的荣光

午 夜

一直是这样，在她闲下来的时候
午夜的风不再寂寞

常常是午夜时分
她掏出内心，与风翻动的狂草
相互交换星光

她的世界，是笔尖在白纸上跳跃
有限的空间，肉眼难辨
每个岔路的方向
唯有夜风相知，带动了星光
唯有星光点亮了午夜

银光闪动。她在修订一首诗的路向
午夜最静谧的时刻，一支笔
找到了入世的突破口

一个槐花饼

槐花一次次在吹落
吹向你内心

它们纷纷扬扬，雪花般
一起飘飞
一段离弦的颤音余端，用空无
接应了另一段缥缈

仿似相知的人，不用语言
只在一个相同的风向上
便可用心去追随，一起逐梦天涯

我要记下它们的白色纯粹风姿
将它们堆放在一起
相守成像，烙下一个心形槐花饼
记下高山流水样的和音

听江水流逝之音

在一江水流上摘一段音阶
倾尽朴素，静听流水

细花朵朵开，或是铜锣扑击而歌
生命盛开的花朵
尽藏在一江水流的曲调

我摘其中一段水流声
声韵里，二胡淌过钢琴的街道
半生的黑白琴键，落向黄昏的弦切

一江东逝水，滚滚向前
从不知停息
我在江上，静听一江水流逝
听一朵相知的细花靠近

风过蔷薇

春天有难舍的美好：青翠草色
承接着青翠
花事，一轮接一轮

庭院深深。我记得在朝阳下
整理后的艾草，带着祖母的愿望
安稳了乡村一些疾患

依然怀念
那两只在春风中穿行的蝴蝶
双翅沾着蔷薇的花香
沾着祖母的话语：喜欢
种植花草的人，最美

祖母生命种植的诗行，走过时间
一个人内心的花朵，向纯
向简。风过蔷薇
留良善，在星辰里述说